CUENTO DE NOCHEBUENA

o, *Una visita de San Nicolás*

La edición clásica

Clement C. Moore * Ilustraciones de Charles Santore

Traducción de Vicente Echerri

Kennebunkport, Maine

Cuento de Nochebuena
Título del original en inglés: *The Night Before Christmas*
Traducción de Vicente Echerri

13-Digit ISBN: 978-1-60433-299-5
10-Digit ISBN: 1-60433-299-9

Este libro puede pedirse por correo al editor
Sírvase incluir $4.50 para gastos de embalaje y envío.
¡Apoye primero a su librero local!

Corporaciones, instituciones y otras organizaciones pueden adquirir los libros publicados por *Cider Mill Press Book Publishers* con descuentos especiales en ventas al por mayor en los Estados Unidos. Para más información, diríjase al editor.

APPLESAUCE PRESS
Es una casa impresora de
Cider Mill Press Book Publishers
"Donde los buenos libros están listos para la imprenta"
12 Port Farm Road
Kennebunkport, Maine 04046

Visítenos en la Red
www.cidermillpress.com

Diseño de Alicia Freile, Tango Media
Tipografía en Old Claude

Impreso en China

Primera edición

Al Mayor Henry Livingston, Jr.
1748-1828

C.S.

Relato de una visita de San Nicolás

Anónimo

Traducción de la versión publicada por *The Troy Sentinel* el 23 de diciembre de 1823

Era Nochebuena, y en la casa entera
Nada se movía, ni un ratón siquiera.
De la chimenea las medias colgaban:
La pronta llegada de Santa esperaban.

En sus tibias camas, los niños dormían
Soñando con dulces que los seducían;
Mami con su cofia y yo con mi gorro
A punto ya estábamos del sueño modorro.

Escuché de pronto una algarabía,
Salté de la cama a ver que ocurría.
Volé como un rayo hacia la ventana,
Abrí los postigos, corrí la persiana.

Sobre la nevada la luna lucía
Y daba a las cosas el fulgor del día.
Cuando, sorprendido, de repente veo,
Con ocho renitos, un grácil trineo.

Lo guiaba un anciano de vivaz talante
Y a San Nicolás distinguí al instante.
Azuzaba a gritos sus briosos corceles,
Y ellos le atendían, a sus nombres fieles:

«¡Relámpago, Trueno, Veloz, Bailarín,
Travieso, Cupido, Brioso, Saltarín!
¡A lo alto del porche! ¡Salvad la pared!
¡Muy aprisa todos! ¡Aprisa, corred!»

Cual hojas marchitas ante la tormenta
Suben hacia el cielo si algo les enfrenta.
Ligeros, veloces, saltan al tejado
Con Santa y juguetes el trineo cargado.

Luego, en un segundo, escuché en el techo
Ágiles cabriolas, piafar satisfecho.
Mientras cavilaba, ya San Nicolás
Por la chimenea entraba de un zas.

Vestido completo de roja pelliza,
Sus ropas manchadas de hollín y ceniza
Y a la espalda un fardo lleno de juguetes,
Como de un buhonero que abriera paquetes.

¡Qué pícaros ojos!, ¡que alegre viveza!
Cachetes rosados, nariz de cereza.
Curvaba hacia arriba la boca graciosa
Cubierta de barba blanca y abundosa.

Llevaba entre dientes pipa juguetona
Y el humo lo orlaba como una corona.
Tenía rostro ancho y panza redonda
Que se estremecía con su risa oronda.

Era un mofletudo elfo regordete
Y hube de reírme del raro vejete;
Pero un guiño suyo me hizo conocer
Que yo no tenía nada que temer.

No habló una palabra. Se dio a su labor
De llenar las medias; luego, con candor,
Me indicó silencio y, como un suspiro,
De la chimenea se fue por el tiro.

Saltó a su trineo, le silbó a sus renos
Que partieron raudos, de premura llenos;
Y oí que exclamaba en la vastedad:
«¡Linda Nochebuena! ¡Feliz Navidad!»

Era Nochebuena,
y en la casa entera
nada se movía,
ni un ratón siquiera.

De la chimenea
las medias colgaban:
la pronta llegada
de Santa esperaban.

En sus tibias camas,
los niños dormían
soñando con dulces
que los seducían;

Mami con su cofia
y yo con mi gorro
a punto ya estábamos
del sueño modorro.

Escuché de pronto
una algarabía,
salté de la cama
a ver que ocurría.

Sobre la nevada
la luna lucía
y daba a las cosas
el fulgor del día.

Volé como un rayo
hacia la ventana,
abrí los postigos,
corrí la persiana.

Cuando, sorprendido,
de repente veo,
con ocho renitos,
un grácil trineo.

Lo guiaba un anciano
de vivaz talante
y a San Nicolás
distinguí al instante.

Azuzaba a gritos
sus briosos corceles,
y ellos le atendían,
a sus nombres fieles:
«¡Relámpago, Trueno,
Veloz, Bailarín,
Travieso, Cupido,
Brioso, Saltarín!»

«¡A lo alto del porche!
¡Salvad la pared!
¡Muy aprisa todos!
¡Aprisa, corred!»

Como hojas marchitas
ante la tormenta
suben hacia el cielo
si algo les enfrenta.

Ligeros, veloces,
saltan al tejado
con Santa y juguetes
el trineo cargado.

Luego, en un segundo,
escuché en el techo
ágiles cabriolas,
piafar satisfecho.

Mientras cavilaba,
ya San Nicolás
por la chimenea
entraba de un zas.

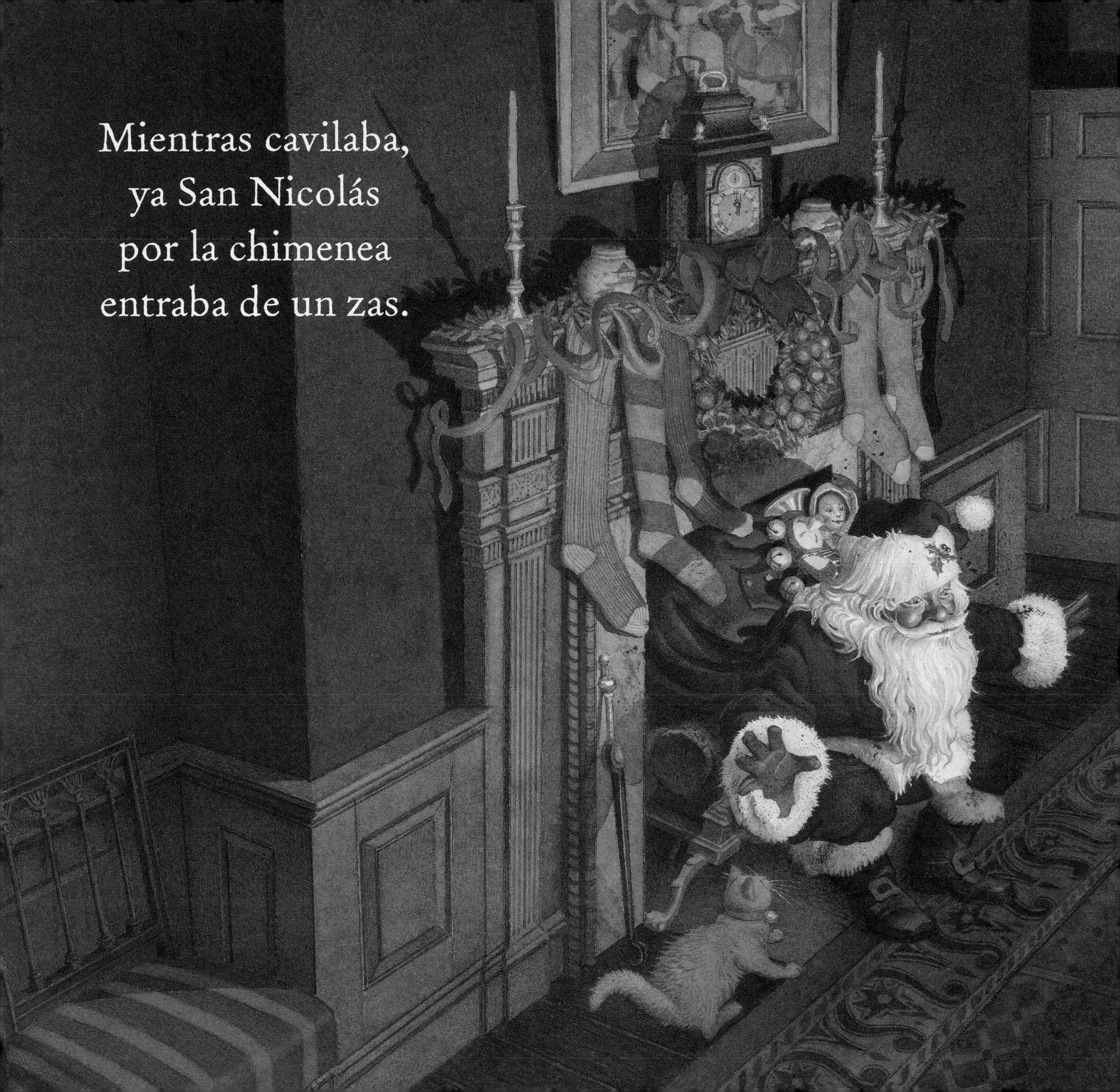

Vestido completo
de roja pelliza,
sus ropas manchadas
de hollín y ceniza

y a la espalda un fardo
lleno de juguetes,
como de un buhonero
que abriera paquetes.

¡Qué pícaros ojos!,
¡que alegre viveza!
Cachetes rosados,
nariz de cereza.

Curvaba hacia arriba
la boca graciosa
cubierta de barba
blanca y abundosa.

Llevaba entre dientes
pipa juguetona
y el humo lo orlaba
como una corona.

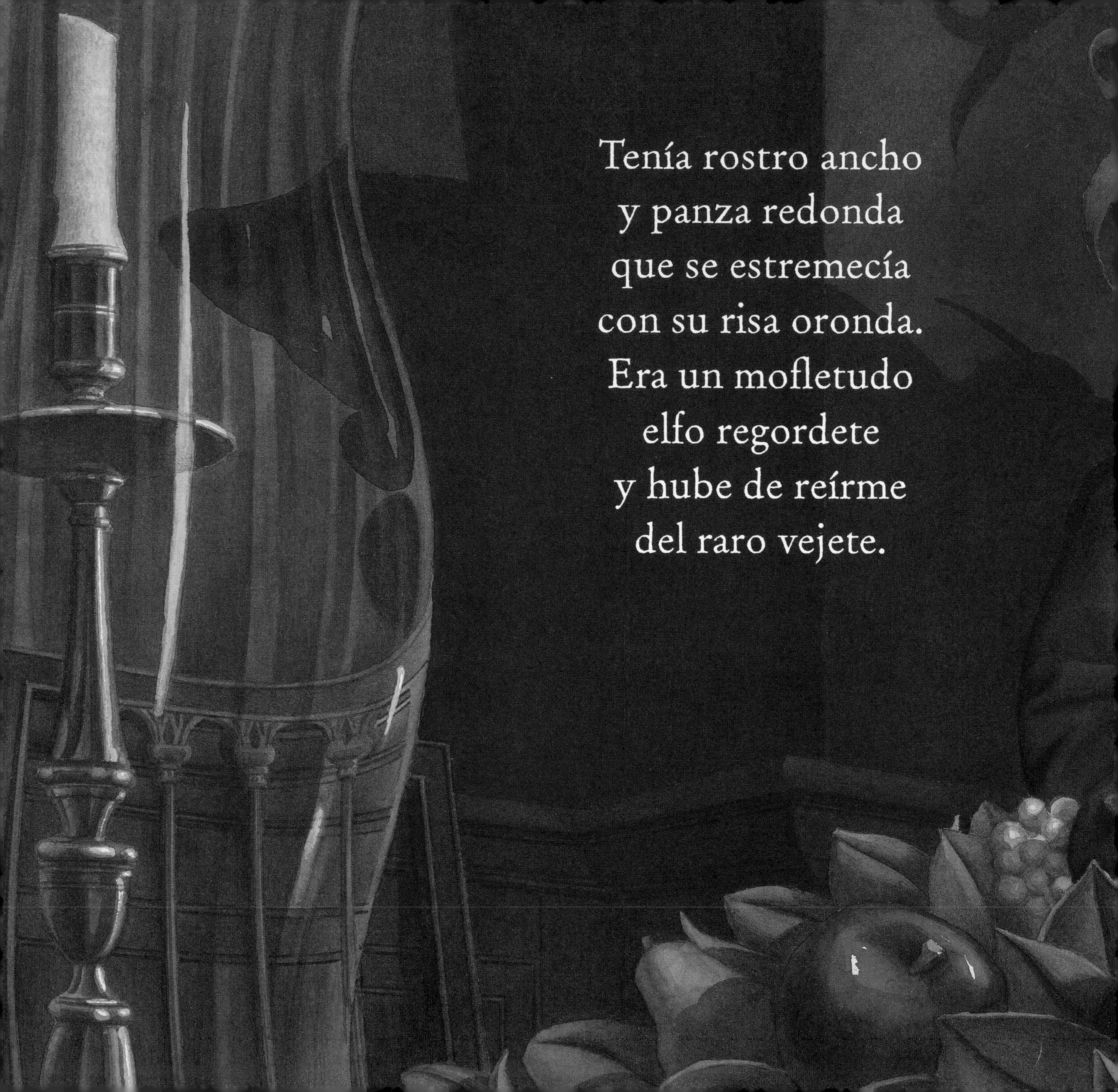

Tenía rostro ancho
y panza redonda
que se estremecía
con su risa oronda.
Era un mofletudo
elfo regordete
y hube de reírme
del raro vejete.

Pero un guiño suyo
me hizo conocer
que yo no tenía
nada que temer.

No habló una palabra.
Se dio a su labor
de llenar las medias;
luego, con candor,

me indicó silencio
y, como un suspiro,
de la chimenea
se fue por el tiro.

Saltó a su trineo,
le silbó a sus renos
que partieron raudos,
de premura llenos;

y oí que exclamaba
en la vastedad:
«¡Linda Nochebuena!
¡Feliz Navidad!»